KB236726

그대를 사랑해

그대를 사랑해

이명우 제 2 시집

■책 머리에

세월은 빠르지만 끝이 없지요.
그러나 사람은 살다 보면
그 끝이 너무 짧은가 봅니다.
소꿉장난 하던 때가 어제 같은데
돌아보니 반백 년이 넘었습니다.
반백 년 넘은 것이 짧지 않은 세월인데
이렇다 할 그 무엇도 해놓은 게 없습니다.
빠른 세월 꼬리에 매달린 나의 인생
멀지 않은 그 끝이 눈앞에 보입니다.
호랑이는 죽으면 가죽을 남긴다고 했지요
나는 죽으면 책 몇 권이라도 남기고 싶어
책상머리에 조용히 앉아
지나간 삶을 거울삼아 돌아보며
펜으로 인생을 그리고 있습니다.

2002년 1월
그대를 사랑해
문곡(文谷) 이명우(안드레아)

제2부 사는 게 무엇인지 · 47

제3부 별들은 소곤소곤 · 89

제4부 종착역 가는 길로 · 115

제 1 부 | **그대를 사랑해**

사랑의 밧줄

1

내 사랑 밧줄은
연약한 님의 가슴을
꼭꼭 묶어 놓았지
님 사랑의 밧줄은
사랑에 약한 내 가슴을
사정없이 묶어 놓았지

2

님과 내가 서로 좋아
사정없이 묶은 밧줄
천만 사람 대들어도
어느 누가 풀어 놀까?

3

내가 사랑의 밧줄 풀어 봐라
님은 울어 눈물바다
님이 사랑의 밧줄 풀어 봐라

내 가슴엔 생불바다

4

님과 나는 끝까지
사랑의 밧줄 풀지 말고
꼬부러지게 늙거들랑
한 날 한 시에 같이 죽어
한 무덤에 묻히기로

눈먼 사랑

1

사랑에 눈 한번 멀어 봤으면 좋겠다
눈먼 사랑에 풍덩 빠져 봤으면 좋겠다
눈 한번 멀지 않고 바로 보고만 살은 인생
미운 것도 곱게 보이는 눈먼 사랑 그립구나

2

사랑에 눈이 멀어 훌떡 넘어져 봤으면 좋겠다
눈먼 사랑에 풍덩 빠져 허우적여 봤으면 좋겠다
훌떡 넘어져 보지도 못하고 허우적여 보지도 못하고
사노라고 살다보니 그럭저럭 내 나이 몇 살인가?

그대와 나는 반짝이는 별이 됩시다

1

넓은 우주 공간에 너무 멀지 않도록
그대와 나는 반짝이는 별이 됩시다
그대도 반짝반짝 나도 반짝반짝
그대와 나는 밤마다 잠도 자지 맙시다

2

내가 다섯 번씩 연거푸 반짝이거든
잘 있습니까? 보고싶어요 사랑합니다
그 신호로 알고서 반겨주시고
그대도 다섯 번씩 연거푸 반짝여주오

3

그대와 나는 끝없이 죽지말고
마주보고 반짝반짝 반짝이다가
언젠가는 서로 만나 얼싸안을 때
우주에서 제일 큰 별 하나로 됩시다

그대는 바닷물이 되어

1

나는 바위가 되어 바다에 살리니
그대는 바닷물이 되어 파도를 쳐주구려
때로는 살랑살랑 나를 간질러주고
때로는 높은 파도로 때려주구려

2

갈매기 날개짓에 내가 눈을 돌리면
좀은 높은 파도로 내 등을 때려주오
예쁜 바닷새에 내가 한 눈을 팔거든
아주 높은 파도로 내 가슴을 때려주오

3

나 바위는 한없이 살으리니
그대 바닷물은 끝없이 푸르러주오
그대가 나를 간질러주던 때려주던
나는 그저 좋소이다 그대라면 좋소이다

사랑하는 너라면

1

네가 가자고 나를 부르면
말없이 나는 널 따라 가마
가는 곳이 어디냐고 묻지 않겠다
얼마나 머냐고도 묻지 않겠다

2

내가 사랑하는 너라면
그 어디라도 난 따라 가마
하늘인들 땅인들 못 따라 가랴
바다인들 산인들 못 따라 가랴

3

네가 나를 나처럼 사랑한다면
밥을 먹지 않아도 배부르겠다
네가 내 곁에 있어만 준다면
죽을 때도 널 끌어안고 나는 죽겠다

타버린 사랑

1

타버린 잿더미 속에서
무슨 불길이 또 일어날까?
뜨거웠던 그 시절이 그립구나
아쉬워 돌아보니 타버린 사랑이여!

2

타버린 사랑에 남은 것은
그 잘난 미련과 후회뿐이네
손수건을 적시던 야속한 사람아
바로 타고 꺼질 걸 불은 왜 질러

3

타면 꺼지는 게 불길이라고
사랑도 타버리고 꺼져 버렸나
아니야 사랑은 죽음이 없기에
영원히 식지 않고 뜨거울 수 있는 걸

4

사랑을 태우고 미련한 불씨 하나
잿더미 속에서 아직 살아 있네
어느 누가 마른 섶을 한 짐 지고 들어와
뜨거운 불 한번 지펴볼 이 없는가?

갈라진 슬픔

1

날 가물어 쩍 갈라진 강바닥은
비가 오면 흙모래 떠내려와
갈라진 틈은 티 없이 채워지고
푸른 강물 출렁이며 흘러가겠지

2

그대와 나 사이의 갈라진 슬픔에
님과 나의 눈물이 강물처럼 흐르면
얄궂은 사연들이 둥둥 떠 바다로 가고
다정했던 그 시절로 다시 돌아오련가?

3

평생을 꼭 붙어서 산다 해도
살고 보면 짧은 청춘 짧은 인생을
갈라진 슬픔 속에 그대 따로 나 따로
무정한 세월에다 청춘을 묻었으니

영원한 비밀

1

그대가 나를 사랑함은
영원한 비밀입니다
내가 그대를 사랑함도
역시 영원한 비밀입니다

2

하늘과 땅 사이에
빛나는 사랑이라면
동서남북 어디엔들
손을 잡고 가련만은

3

그대와 나의 사랑은
큰 바위 속에 박힌 지주처럼
아무도 그 빛을 볼 수 없는
영원한 비밀입니다

나의 사랑은 나의 자유

1

그대는 나를 미워해도
나는 그대를 사랑한다오
내가 그대를 사랑하는 것은
그것은 나의 자유이니까

2

끝까지 나를 미워해도
끝가지 그대를 사랑할래요
그대의 모든 것이 다 좋아
사랑함은 나의 자유이니까

3

사랑하는 나를 몰라줘도
영영 그대가 나를 미워해도
하지만 나는 사랑할래요
나의 사랑은 나의 자유이니까

4

그대가 멀리 떠나가면
난 따라 가지는 않을래요
내 가슴에다 그대를 묻고
끝끝내 나는 사랑할래요

그리움

1

내가 그대를 그리워할 때
그대도 나를 그리워하면
마주 선 은행나무 꽃가루 주듯
우리는 참 행복한 그리움이다

2

그대가 나를 그리워할 때
나도 그대를 그리워하면
짝을 찾은 원앙새 한 쌍처럼
우리는 참 떼지 못할 그리움이다

3

그대의 그리움이 나의 그리움이
눈빛 반짝 부딪고 둘이 만날 때
온 몸이 으서지도록 끌어안으리
앞 이가 부러지도록 입을 맞추리

사랑하는 그대와 단 둘이
무인도에 가서 살고 싶다 1

1

사랑하는 그대와 단 둘이
무인도에 가서 살고 싶다
색안경을 쓰고 훔쳐보는
그런 사람들이 하나도 없는
그런 무인도에 가서 살고 싶다

2

초여름 따스한 바람
살랑이는 저 태양 아래
체면이 없는 무인도라
그대와 나는 활짝 옷 벗어 던지고
벌건 알몸으로 펄펄 뛰고 싶다

3

하얀 모래 그림처럼 펼쳐진
깨끗한 무인도 바닷가에

알몸으로 네 활개 활짝 펴고
그대의 손을 꼭 잡고서
훨훨 날으듯이 뛰다가
뜨겁게 달아오른 두 몸둥어리
느닷없이 확 끌어안고
미친 듯 천길 만길 뛰고 싶다

사랑하는 그대와 단 둘이
무인도에 가서 살고 싶다 2

1

사랑하는 그대와 단 둘이
무인도에 가서 살고 싶다
누가 뭐라고 간섭할 이 없고
그대를 넘보는 남자도 없고
나를 홀리는 여자도 없으렷다

2

예의 염치 그런 것 필요 없고
세금 같은 것 하나도 나올 리 없고
악질도 도둑놈도 사기꾼도 없고
그대와 내 멋대로 휘젓는
자유가 넘치는 무인도에서
큰기침 꽝꽝하면서 살고 싶다

3

나는 열심히 고기를 잡고

그 고기 마주 앉아 실컷 뜯어먹고
오막집 작은 방에 나란히 누워
배 득득 긁으면서 단 둘이 살고 싶다

다정히 손을 잡고

1

다정히 손을 잡고
서로 웃고 가는 길
너와 나는 언제나
떨어질 줄 모르지

2

잡은 손을 놓을 때는
너 죽으면 네가 놓을까?
나 죽으면 내가 놓을까?
산 정신으론 못 놓겠네

3

오늘도 손을 꼭 잡고
정답게도 가는 길
우리 이 손잡은 채로
너 어디까지 갈래

예쁜 배를 타고

1

옷일랑 벗어 휙 던지고
예쁜 배를 타고 깊은 강으로
힘차게 힘차게 노를 저어
노가 부러지도록 젓고 싶다

2

강가에서 총총히 자라나는
셀 수 없이 많은 잔솔들이
내가 힘차게 노젓는 바람에
모두 다 쓰러지게 건너고 싶다

3

강을 넘보는 얄미운 철새들을
저 산 너머로 모두 내쫓고
풍만한 강가에 항상 붙어살면서
예쁜 배를 나만 영원히 타고 싶다

사랑과 믿음

1

사랑한다 해놓고
변하는 이 많거늘
영원히 나만 사랑하는
너였으면 좋겠다

2

믿으라고 말은 해도
못 믿을 이 많거늘
영원히 너만 믿고 사는
나였으면 좋겠다

3

네가 죽은 무덤 옆에
닭똥 같은 눈물을
하염없이 흘리는 이가
나였으면 좋겠다

4

내가 죽은 무덤 앞에
닭똥 같은 눈물을
하염없이 흘리는 이가
너였으면 좋겠다

유혹

1

맛있는 미끼 꼬여
봄 호수에 던진 낚시
월척 대어 선한 눈길
꼼짝없이 빠진 태공

2

향그러운 꽃밭으로
벌나비떼 모여들고
예쁜 처녀 꼬리 흔들
동네 총각 달라붙네

3

유혹에 발목 잡혀
매달려 빼도 박도
사랑이 꿀맛 같아
정신나간 청춘남녀

짝

1

고운 꽃에 벌나비 날으더니
열매가 주렁주렁 매달리고
짝과 짝이 서로 짝을 짓더니
귀여운 아들딸 쑥쑥 나오네

2

왕성한 청춘이여! 부푼 가슴이여!
짝엔 짝이 있어 서로 짝을 찾으니
짝은 짝을 만나면 단짝이로세
아~ 저 신비로운 천지조화여!

3

새야 새야 저 파랑새야
높은 나뭇가지 위에서는
사랑일랑 아예 하지를 마라
짝에 짝 붙으면 뚝 떨어질라

사랑이 무엇인지

1

사랑이 무엇인지
보면서도 보고 싶고
만나면서도 만나고 싶다

2

사랑이 무엇인지
좋으면서도 더 좋고 싶고
맛이 있으면서도 더 맛있고 싶다

3

사랑이 무엇인지
뜨거운 데도 더 불나고
푹 빠졌어도 더 빠져든다

4

그러나 사랑에 빠진 수렁은

일평생을 허덕이고
사랑에 갇힌 함정은
끝내 나의 무덤일 줄이야

그런 사랑이 정말 그립다

1

하얀 눈보라 더 결백한
빨간 장미보다 더 붉은
타오르는 불길보다 더 뜨거운
그런 사랑이 정말 그립다

2

서로가 모든 것을 다 줄 수 있고
세상 끝까지 같이 갈 수 있으며
갱엿보다 더 끈적끈적한
그런 사랑이 정말 그립다

3

내가 죽으면 그대가 죽고
그대가 죽으면 나도 죽는
뗄래야 뗄 수 없는 찰떡같은 사랑
그런 사랑이 정말 그립다

사랑

1

어둠을 환히 밝혀주는 사랑이여!
굶주린 자의 양식이 되는 사랑이여!
미운 이도 예뻐하는 사랑이여!
모든 것을 다 줄 수 있는 사랑이여!

2

원수를 사랑하는 사랑이여!
어떠한 난관도 헤치는 사랑이여!
악을 선으로 인도하는 사랑이여!
불가능을 가능으로 만드는 사랑이여!

3

사랑이 없는 세상은 갈 곳 없는 세상
사랑이 없는 세상은 험난한 세상
사랑이 없는 세상은 사나마나한 세상
사랑이 없는 세상은 살았어도 죽은 세상

사랑의 속삭임

1

가로수 가지에
비둘기 한 쌍
코를 맞대고 부비며
구국 구국

2

벤치에 포개 앉은
피끓는 연인 한 쌍
꼭 끌어안고
소곤소곤

뽀뽀

1

뽀뽀에 정신나간
저 남자 좀 보게
무릎이 박힌 돌에
깨지는 줄도 모르네

2

뽀뽀에 정신나간
저 여자 좀 보게
꽃바구니 떼굴떼굴
십 리는 굴러도 모르네

언젠가는 아파야 할 사랑

1

변할 줄을 모르는 황금이라면
그 빛은 영원히 빛나겠지만
변할 수도 있고 영원할 수도 없는
그대와 나 사이의 사랑이여!
언젠가는 아파야 할 사랑이기에
시간을 쪼개면서 사랑할래요

2

동쪽 하늘에 높이 뜬 흰 구름이
어느새 서쪽 하늘로 사라지고
동산 계곡에서 졸졸 흐른 물이
어느새 먼 서쪽 바다로 갔네
언젠가는 아파야 할 사랑인 줄
잘 알기에 더욱 더 사랑한다오

3

그대가 마지막 날개를 펼 때

나는 그대 곁에 살고 있을까?
내가 마지막 날개를 펼 때
그대는 내 곁에 살고 있을까?
언젠가는 아파야 할 사랑이기에
꼭 끌어안고 그대를 사랑합니다

당신의 모든 것을 다 갖고 싶소

1

당신의 머리끝에서
당신의 발끝까지
무엇인들 그 하나 미우랴!
당신의 모든 것을 다 갖고 싶소

2

그 무엇을 미워하며 갖는 것은
진실한 사랑이 아닙니다
하나도 빼지 않고 다 비치는
저 하늘의 태양처럼 살고 싶소

3

당신의 손이 손이 아니라도
당신의 발이 발이 아니라도
나는 좋소이다 그대 몸이라면
생긴 그대로 그냥 다 갖고 싶소

4

사랑이 예쁜 인형인가요?
사랑이 애완동물인가요?
사랑은 마음의 진실입니다
당신의 모든 것을 다 끌어안고
그대로 한 세상 살고 싶소

제 2 부 | 사는 게 무엇인지

십자가

1

무거운 십자가를 어깨에 지시고
형장으로 끌려가신 님이시여!
모든 고통을 참으면서 살아가는 것이
내 어깨에 지워진 십자가로 아나이다

2

악을 선으로 곱게 받아주시고
아픔을 애써 참으신 님이시여!
악을 악으로 대하지 않는 것이
올바른 자의 착한 삶으로 믿나이다

3

십자가에 손과 발을 묶이어
못을 박는 아픔에 가신 님이시여!
반항 없는 착한 이의 죽음은
영원한 삶의 부활로 믿나이다

4

착하게 살지 못한 나의 인생을
무죄라고 생떼는 쓰지 않으렵니다
이 몸에 십자가를 지워주시면
도살장에 소처럼 끌려가오리다

5

영광의 나라에 부활할 수만 있다면
십자가를 지고서 천 리인들 못 가리까?
아픔을 못 이겨 참다 못 해 죽어도
백 번이고 천 번이고 죽을 수 있나이다

6

내 마음 속엔 거대한 십자가가 있나이다
내 마음 속엔 그 십자가를 지고 있습니다
내 마음 속엔 님의 고통을 잘 알고 있습니다
악한 자를 선으로 물리치신 위대한 님이시여!

세월을 살 수만 있다면

1

보석으로 세월을 살 수만 있다면
세상에 보석을 다 모아다가
세월을 몽땅 사서 놓고
앞 세월 뒷 세월 들랑달랑
소박하며 착한 사람들하고
사랑하는 내 아내 내 자식하고
저 넓고 깊은 바닷물이
다 졸아붙어 마를 때까지
한없이 한없이 살아봤으면

2

돈을 주고 세월을 살 수만 있다면
세상에 돈을 다 퍼다 주고
수수만년 긴긴 세월 다 사서
같이 살고 싶은 사람들하고
어렸다가 젊었다가 늙었다가
늙었다가 젊었다가 어렸다가
저 산기슭에 산만큼이나 큰 바위가

다 소멸되어 없어질 때까지
끝없이 끝없이 살아봤으면

안마당에 두꺼비

1

푹푹 찌는 한 여름에
뜨거운 해를 가리고
하늘 가득히 먹구름 다가와
굵직한 소나기가 한바탕
물 퍼붓듯 좌르륵 쏟더니

2

언제 그랬냐는 듯
먹구름은 달아나고
뜨거운 햇빛 다시 비치는
안마당 한 구석에
큰 두꺼비 한 마리가
엉금엉금 가다 서다
가다 서다 엉금엉금

3

우리집 강아지가

슬금슬금 다가드니
앞발로 두꺼비를
잡아 당겨 넘어지면
벌떡 일어나 엉금엉금
또 잡아 당겨 넘어지면
다시 일어나 가다 서다
엉금엉금 가다 서다

4

두꺼비는 세상을 알아
죽고 삶을 하늘에 맡겼는가?
죽는 게 뭔지 그것도 몰라
저토록 태평세월인가?
파리보다 작은 벌레도
죽을까봐 펄펄 뛰고
정신 없이 도망가거늘
천하태평 두꺼비야
너의 생각이 뭔지는 몰라도
너의 태도가 심히 가상코나

오늘도 무사히

1

오늘도 무사히
살고 보니 또 하루
그렇게 살은 것이
어언 수십 년

2

오늘도 무사히
아침 햇살 떠오르네
한 방울 이슬처럼
어느 때 스러질까?

3

밤새 자고 새벽에
눈 떠보면 무사히
얼핏하면 떠나가는
연약한 인생이여!

사는 게 무엇인지

1

이 세상에 사는 게 무엇인지
이토록 괴로워도 슬퍼도
내 몸에 이고 지고 끌어안고
그렇게 그냥 살아야 한다네

2

벼랑 끝에 매달린 떡갈나무
바람에 흔들려 쓰러질 듯
그나마 잎 몇 개 푸르름처럼
삶이란 그래도 살아야 한다네

3

괴로움과 슬픔을 애써 참으며
이 한 목숨 살아야 하는 것을
저 하늘에 진정으로 묻고 싶네
이렇게도 사는 게 무엇인지

우선은 살고 보자

1

머리 위에 벼락이 떨어져도
태산이 무너져 나를 덮쳐도
우선은 살고 보자 눈에 불켜고
죽음을 피하려는 삶의 본능이여!

2

먹을 것이 없으면 물이라도 마신다
마실 물도 없으면 제 오줌도 마신다
우선은 살고 보자 더러운 것 가릴 수가
죽기 전에 최선을 다하는 생명력이여!

3

독수리에 쫓기는 까투리 한 마리
황급히 작은 숲 속에 머리를 박는다
죽을 수는 없는 것이 삶의 의욕이여!
우선은 살고 보자 천 길 벼랑에도 몸을 날린다

재벌인들 별 수 있나

1

재벌인들 별 수 있나
살다 보면 가는 인생
살만큼 가졌으면
그것으로 만족하지

2

재벌은 혼자 세 끼
몇 십 가마씩 밥을 먹나
드러누워 잠을 잘 때
몇 십 칸 방에 다리 뻗나

3

재벌을 부러워하랴
부질없는 욕심은 뜬구름이네
한 공기 밥이면 배부르고
한 칸의 방이면 잠자는 걸

살아보기로

1

살라는 세상에
살려고 내가 왔네
새들은 날으지만
나는 걷고 뛰면서
맹수들은 사납지만
나는 순한 양이 되어
한 세상 살아보기로

2

목숨이 붙었으니
사는 게 사는 거지
고생을 하더라도
고생도 사는 거지
잘 살아도 못 살아도
살아야 하는 세상
생긴 대로 살아보기로

지구와 인생

1

끝없이 넓은 우주
수없이 많은 별들
지구는 인생의 별
광활한 보금자리

2

동서남북 곳곳마다
줄줄이 줄그어 놓고
내 땅 네 땅 자리잡은
큰 나라 작은 나라

3

계곡마다 흐르는 물은
검푸른 강으로 모여들고
토실토실 살찐 산야
출렁이는 넓은 바다

4

수많은 동물 식물이
한 울안에 살고지고
영원한 이 지구에
잠깐 살고 가는 인생

운명은 착하기도 하지

1

험한 길로 걸어가다
제 잘못에 쓰러지고서
이것이 나의 운명이라면
운명은 그래그래 운명이야

2

당연히 되지도 않을 일을
제멋대로 저질러 놓고
안 되는 게 나의 운명이라면
운명은 그래그래 운명이야

3

불행에 허덕일 때는
저마다 운명을 들썩인다
행운에 춤을 출 때는
저 잘나서 잘 사는 줄 안다

4

무작정 운명을 떠들어대도
운명은 그래그래 네 말이 맞다
때로는 운명을 원망해도
운명은 그래그래 내 잘못이다
그것 참 운명은 착하기도 하지

사는 길 1

1

세상 천지 모르는 게
눈만 뜨면 동무들과
천방지축 뛰고 놀던
개구쟁이 어린 시절

2

어린 것이 뭘 안다고
남자 여자 짝 맞추어
나는 신랑 너는 새댁
재미나던 소꿉장난

3

이제는 나이 먹어
철이라고 들었는지
삶이란 쇠사슬에
손발이 묶였어라

4

사노라고 친구들
뿔뿔이 흩어지고
너나 없이 허덕이며
동분서주 바쁜 지금

사는 길 2

1

하루살이는 하루 삶이
평생인 줄 알고 살고
인간은 칠팔십을
평생인 줄 알고 사는데
앞산에 쾌쾌 묵은 고목은
해마다 푸르르니
일평생을 알 수 없네

2

짧으면 짧은 대로
짧게 맞춰 사는 길
길면 긴 대로
길게 맞춰 사는 길

3

반짝반짝 타는 불도
다 탄 뒤엔 재뿐이며

활활 타는 불도
다 탄 뒤엔 재뿐이네

4

짧으나 기나 소중한
이 세상에 사는 길
살고서 떠나갈 땐
허무한 게 사는 길

부평초

1

물에 떠서 사는구나
정착 없는 부평초야
흙을 떠나 사는 것이
타고난 너의 운명인가?

2

고향이나 알고 사니?
떠돌이 부평초야
바람이 부는 대로
밀려가는 신세로고

3

흙의 짙은 향기를
고향의 훈훈한 정을
넌들 왜 모르랴만
외로이 물에 뜬 부평초야

고통과 괴로움

1

실낱 같이 연약한
이 한 목숨 붙들고
모든 고통과 괴로움을
참고 참으며 사는구나

2

가슴속에 괴로움과
고통을 묻은 채로
눈으로는 입으로는
얇은 미소짓는구나

3

흙이 타는 큰 가뭄에
불달은 조약돌 틈으로
고통과 괴로움을 참고
파란 풀잎 돋아나는구나

4

훨훨 털고 어디론가
떠날 때는 떠날지언정
고통과 괴로움을

나 살아서 끌어안노니

괴로움아 즐거움아

1

괴로움아 즐거움아
괴로움 너는 가랬더니
즐거움 너만 오랬더니
너희들 멋대로 오는구나

2

괴로움 너는 아주 싫은데
왜 그리 자주 오는가?
즐거움 너는 참 좋은데
왜 그리 어쩌다 오는가?

3

괴로움아 너 오지 마라
즐거움아 너도 오지 마라
나 차라리 하얀 안개 속에서
이 꼴 저 꼴 안보고 살고 싶노니

깊은 산골 작은 마을

1

좁은 하늘 깊은 산골
집 몇 가구 작은 마을
산자락에 매달린
규격 없는 논과 밭
졸졸졸 개울가로
꼬불꼬불 오솔길

2

마을 앞엔 문지기로
느티나무 마주 서고
비알밭 끝자락엔
아름드리 과일나무
밤나무 감나무
은행나무 호두나무
고욤나무 독배나무

3

살찐 암소 멍에 매어
밭을 가는 노총각아
긴 댕기 빙빙 돌려
수건 질끈 덮어쓰고
뽕을 따는 노처녀야
청춘이 아깝구나
처녀총각 살짝 만나
사랑에 풍덩 빠져 보렴

4

느티나무 밑에는
할아버지 낮잠자고
고가 대청마루에는
할머니가 낮잠자고
안마당 마당가에
멍멍이도 낮잠자네
무정 세월 흐르는 물아
너도 한숨 자고 가렴

괴로움과 슬픔

1

별다른 이유 없이
나는 왜 괴로운가?
별다른 이유 없이
나는 왜 슬픈가?

2

산은 수수만년 이로되
철마다 푸르건만
인생은 한 수십 년에
검었던 머리 백발일세

3

푸른 산을 볼 때마다
괴로움이 더 괴롭다
흰머리 휘날릴 때
슬픔이 더 슬프다

4

가볍게 살려는데
짓눌려오는 나의 어깨
명랑하게 살자는 데
젖어드는 괴로움과 슬픔

사람인지 개인지

1

개는 개니까
개의 탈을 쓰고
개 같이 살거니와

2

사람은
사람의 탈을 쓰고
개 같이 사는
그런 사람이 있으니

3

심보따리는 볼 수 없고
탈만 보고 알 수 있나
그것 참 사람인지 개인지

짐승 같은 사람

1

달면 삼키고 쓰면 뱉는다
그것은 짐승이기 때문이다
써도 삼키고 달아도 뱉는다
그것은 사람이기 때문이다

2

달면 무조건 삼키기에
그래서 짐승은 짐승이나
써도 삼킬 수 있기에
그래서 사람은 사람이다

3

달아도 뱉고 써도 삼키는
그런 사람 같은 짐승은 없거니와
달면 삼키고 쓰면 뱉는
그런 짐승 같은 사람은 있다

4

좋으면 무조건 따르고
싫으면 무조건 떠나며
염치도 눈물도 없고
의리도 도덕도 없는
그런 짐승 같은 사람이 있다

바위가 되자

1

분열로 부서진 바윗돌이여!
조약돌로 모래로 흩어졌네
우리 모두 함께 모여 머리 맞대고
화합으로 똘똘 뭉쳐 바위가 되자

2

분열로 조각난 조약돌과 모래가
홍수에 밀려서 멀리 떠나면
뿔뿔이 흩어져 어찌 만나랴
태풍이 오기 전에 어서 뭉치자

3

아~ 사람들이여! 화합하자
분열은 패망의 지름길이거늘
홍수는 마악 밀려오고 있는데
너도 나도 굳게 뭉쳐 바위가 되자

남과 여

1

남자야 여자야
여자 싫은 남자 있나
남자 싫은 여자 있나
서로 좋아 얼싸안고
아들딸들 잘도 낳네

2

남자 없는 세상에
여자는 무엇하나
여자 없는 세상에
남자는 무엇하나
남자 있고 여자 있어
잘도 붙어 사는구나

3

하늘 아래 땅이 없으면
하늘인들 무엇하나

땅 위에 하늘이 없으면
땅인들 무엇하나
하늘같은 남자야
땅 같은 여자야
위 아래서 마주 보고
여보여보 여보여보

낙엽

1

얼어죽을 찬바람에
발 돋친 된서리에
우수수 떨어지는 낙엽이여!

2

추운 겨울이 지나가고
따뜻한 봄날이 오면
벌거벗고 떨던 나무
가지마다 파란 잎 피우련만

3

인생의 쓸쓸한 가을이여!
인생의 추운 겨울이여!
인생의 떨어지는 낙엽이여!
두 번 다시 봄이 없는 인생은
어디서 어떤 싹을 틔우련가?

잔인한 먹음

1

산들에 펄펄 뛰는 동물이여!
바람에 춤을 추는 식물이여!
한 세상 살려고 여기 온 것은
그나저나 똑같은 의욕이건만

2

맛있게 먹히는 동물이여!
와드득 뜯기는 식물이여!
먹어야 살기에 먹어야지
잔인한 먹음이 당신의 뜻이거늘

3

안 먹으면 못사는 삶이여!
살려고 먹는 잔인함이여!
조물주는 그렇게 마련해 놓고
잔인한 먹음을 구경하시나

내려보고 사는 것이

1

위로 보니 높은 하늘
내려보니 밟고 선 땅
하늘로 날고파도
날개 없는 몸이로세

2

차라리 내가 선 땅
자연을 밟으면서
저 아래 허궁창을
내려보고 사는 것이

3

올려보고 사는 것은
못 따르는 괴롬뿐이
내려보고 살아보면
내가 잘난 맛이로세

4

날개 돋친 사람들아!
하늘 높이 날으다가
그 날개 꺾이거든
내려보고 살자꾸나

나의 소유물

1

오랜 세월 살아온 세상이건만
가진 것이라고는 별로 없네
값싼 땅 몇 백 평 옷 몇 벌에
닳은 신발 몇 켤레가 나의 소유물

2

세상은 넓다마는 좁은 집터에
허술한 몇 칸 집 뜰엔 향나무
너저분한 헌 것들 살림살이는
같이 사는 아내와 공동 소유물

3

소유물이 많은 게 행복인가?
마음이 풍부한 게 행복인가?
그래도 많고 싶은 소유물인데
자랑할 것 하나 없는 나의 소유물

좌불상

1

인생의 허무한 죽음에
어떤 해답을 얻으시려고
자리에 무릎 꿇고 앉은 채로
무작정 기다리셨나요

2

태어나면 늙게 마련
늙으면 죽게 마련
결국 그것을 깨우치고
기가 막혀 가셨나요

3

인생은 고생길이요
죽음은 천국에 가기로
손발 까딱 안 하시고
고이 앉아 가셨나요

4

삶이 너무 허무해서
불로장생 주시라고
천황님께 비옵다가
기진맥진 가셨나요

5

절간에 스님네들
목탁치며 염불소리
한 마디로 줄여본즉
천상천하에 나는 하나

6

오는 것도 하늘의 뜻
가는 것도 하늘의 뜻
인간의 뜻대로 안되기에
좌불상이 되셨구려

제 3 부 | **별들은 소곤소곤**

코스모스

1

차들이 꼬리에 꼬리를 물고
성난 치타처럼 달리는
아스팔트 깔린 차도 가에
운전자의 눈길을 빼앗아
차에 머리를 흔들어주는
색색으로 곱게 핀 코스모스여!

2

밀어치는 차의 바람을
뿜어내는 그 독가스를
애써 참고 자라난 큰 키
사람은 키 크면 싱겁다는데
키가 큰 코스모스 꽃은
짭짤하게 곱기도 하구나

정부(情夫)

1

정부에 정 다 쏟은 제 아비야
정부에 정 다 받친 제 어미야
뜨거운 정 주고받는 그 사랑이야
꿀맛인들 그보다 더 달을까만

2

정부에 쏟은 정을 받친 정을
내 아내의 바람으로 바꾸어 보자
내 남편의 바람으로 바꾸어 보자
이거 참 세상에 이럴 수가 이럴 수가

3

눈물을 머금고 정신을 차려야지
안 그러면 패가망신하느니
안 그러면 아들딸이 불쌍하이
안 그러면 보잘 것 없는 삶이거니
안 그러면 짐승 같은 인생이여!

없다 말고 있는 것으로

1

없다 말고 있는 것으로
몸 바쳐 봉사하세
돈이 없으면 쌀도 좋고
쌀도 없으면 잡곡도 좋고
잡곡도 없으면 물도 좋네

2

없다 말고 있는 것으로
몸 바쳐 봉사하세
아무것도 없으면 몸도 좋고
몸에 힘이 없으면 눈빛도 좋고
이것도 저것도 어쩔 수 없으면
숨 넘어가는 목소리라도
아~ 사랑한다 그대들이여!

인간과 개

1

부끄러움을 아는 인간은
서로 좋아 사랑을 할 땐
문을 꼭 닫고 잠그고
숨죽이며 애무를 하리

2

자연 그대로 사는 개는
벌건 대낮 장바닥에도
눈만 맞으면 달라붙어
이 개새끼야 소리쳐도
미쳐서 들었는지 말았는지

3

하나하면 둘을 아는 인간은
살다가 사는 것이 삶이 아니면
얼른 보따리 싸서 들고
좋은 사람 찾아 떠나가지

4

하나만 알고 둘은 모르는 개는
집주인 정해지면 그이만 알고
죽기 생전 졸랑졸랑
주인만 따라 다니며 살지

5

주인을 버리고 가는 사람
짝을 버리고 가는 사람
개만도 못한 년놈이라고
그런 소릴랑 하지를 마라

6

예의 수치 잘 알기에
문닫아 잠그고 애무하지
하나 하면 둘을 알아
행복을 찾아 떠나는 거지
사람이 개만도 못할 리야

7

그러나 내 짝이 아니거든
쉽사리 정일랑 주지 말자
쉽사리 버리고 떠나지 말자
어쩌다간 개만도 못하리니

나는 사람이다

1

짐승으로 태어났으면
그것 참 어쩔 뻔했는가?
오고 보니 나는 사람이다
그래서 나는 참 행복하다

2

이토록 넓은 세상에
태어남이 가지각색이거늘
다행히도 나는 사람이다
진심으로 정말 행복하다

3

모든 괴로움도 슬픔도
그 무엇이라도 다 좋다
오직 사람이란 이유로
나는 나는 그저 행복하다

신비와 우리

1

신비로 우리 태어나 살다가
떠날 때는 신비로 가는 것은
너무나도 당연한 원칙이며
세상 천지 자연의 순리이리라

2

영혼을 감싸고 사는 육신이여!
육신을 마음대로 흔드는 영혼이여!
움직일수록 신비로운 육신이여!
생각할수록 신비로운 영혼이여!

3

보이지 않는 신비의 그 어느 곳에서
어떻게 우리 여기에 왔을까?
우리 일평생 여기에 살다가
떠날 때는 신비로 어떻게 가는 걸까?

얼어 죽은 관상수

1

살갗을 외일 듯이 추운 겨울에
주택가 골목길 대문밖에서
파란 관상수 한 그루 얼어죽었네
무엇이 미워서 내다 버렸을까?
사계절 변함 없는 푸르름뿐이거늘

2

얼어죽을 나무인줄 뻔히 알면서
무심히 얼려 죽인 그 집의 그 사람
삶을 잊어버린 마른 나무 토막처럼
정이라곤 하나도 없는 그런 사람일까?

3

파란 관상수를 얼려 죽인 그 사람
인정사정 없는 무정한 그 사람
한 겨울에 문밖에서 어린 자식이
꽁꽁 얼어 죽어도 본 체 만 체 하련가?

별들은 소곤소곤

1

저 높은 밤하늘에 반짝반짝
깜박이는 별들은 소곤소곤
너 살기가 어려워도 참아라
삶이란 즐거움보다 괴로움이 많단다

2

삶이란 인간으로 태어날 때
즐거움은 조금 끌어안고 오는 거란다
괴로움을 많이 걸머지고 오는 거란다
살기가 힘들어도 그렇게 사는 거란다

3

괴로워도 사는 게 삶이란다
슬퍼도 웃는 것이 삶이란다
그렇게 사는 것이 삶이란다
반짝반짝 별들은 소곤소곤

몸에 밴 폭풍한설

1

꺾기고 휘어진 소나무가지
꺾일 건 다 꺾였는가?
휘어질 건 다 휘어졌는가?
몸에 밴 폭풍한설이여!

2

두 손을 호호 불며 추위를 쫓던
두 발을 동동 굴며 언 발을 풀던
쓰라린 그 고통 참고 또 참았더니
폭풍한설 이제는 몸에 배었네

3

폭풍이 불면 얼마나 더 불까?
매서운 추위는 얼마나 더 추울까?
폭풍한설 별로 두렵지 않구나
폭풍아 불어라 한설아 뿌려라

4

몸에 밴 폭풍한설 이제는
아려도 쓰려도 참을 수 있네
가지 하나 더 부러져도 살 수 있고
가지 하나 더 휘어져도 견딜 수 있네

총을 들고

1

방아쇠를 살짝 당기면
총알은 번개처럼 날아가
가슴을 사정없이 꿰뚫어
생명의 숨통을 끊어버린다

2

생명은 세상에 하나뿐인데
한 번 죽으면 그 생명 끝이거늘
감히 어찌 방아쇠를 잡아 당겨
그 소중한 삶의 숨통을 끊으랴

3

총을 들고 온 세상을 헤매 보아라
그 총은 있어도 그 총알은 있어도
방아쇠를 당길 데는 하나도 없느니
어느 누구를 죽여도 나를 죽임이기에

구순한 집안

1

잘났거나 못났거나
생긴 대로 만난 부부
불평불만 하나 없고
싱글벙글 구순한 집안

2

있으면 있는 대로
없으면 없는 대로
형편대로 맞춰 살며
알뜰살뜰 구순한 집안

3

엄마 아빠는 정겨워
웃음소리 연달고
아들딸은 의좋아
오손도손 구순한 집안

4

복덩이가 하늘에
빙빙 떠서 돌다가
구순한 집안으로
용케 알고 떨어져라

끝도 없이 긴 인생

1

일평생은 짧지만
인생은 끝이 없네
천추만대 이어가는
내 자손이 내 인생

2

오곡잡곡 다 영글면
대궁이야 마르지만
집집마다 집구석에
씨오쟁이 매달았네

3

이 몸은 늙어가도
내 핏줄은 젊어 오고
내 자손의 끓는 피는
온 세상에 퍼지리니

4

언젠가는 떠날지언정
삶이야 두고 가지
물레방아 돌아가듯
끝도 없이 긴 인생

자연의 섭리

1

아름다운 꽃을 피우는
아름다운 자연의 섭리여!
처참히도 먹고 먹히는
잔인한 자연의 섭리여!

2

아름다운 꽃을 피워 놓고
시들어 가는 자연의 섭리여!
순한 양을 만들어 놓고
맹수가 뜯는 자연의 섭리여!

3

아름다운 꽃이 시들어도
맹수가 순한 양을 뜯어도
그런 것이 자연의 섭리기에
꽃은 시든다 양은 피를 흘린다

눈부시는 하얀 눈

1

눈부시는 하얀 눈
소복소복 내리는 눈
누런 것 검은 것 다 덮고
장독대에 하얀 그릇을
그도 역시 더러운지
더 하얗게 덮고 있네

2

세상에서 잡때묻은
이 한 몸을 벌거벗고
눈 내리는 밤하늘 아래
네 발 딛고 엎드려서
새는 아침 쌓인 눈이
온 몸을 덮었을 때
따뜻한 태양이 떠오르면
나도 하얀 눈과 함께
같이 한 번 녹고 싶네

시들지 않는 꽃

1

세상에 울긋불긋 핀 꽃이
모두 다 하염없이 시들어 가도
내가 피운 한 송이 고운 꽃은
내 가슴속에 깊이 묻은 채로
시들지 않는 꽃이 되고 싶네

2

봄마다 봄마다 꽃은 피지만
세상엔 시들지 않는 꽃은 없네
나는 시들지 않는 꽃 한 송이를
내 가슴속에 곱게 피워 놓고
나는 죽어도 꽃은 시들지 않고 싶네

별 하나 나 하나

1

저 하늘에 깜박이는 별 하나
이 땅에서 살고 있는 나 하나
별은 고요히 깜박이고 있네
나는 허둥허둥 살고 있네
하늘에서 땅에서 별 하나 나 하나

2

나에게 다가오는 천신만고를
밤마다 깜박깜박 지켜보면서
별도 슬픔을 알아 우는가?
밤 새워 흘린 눈물 풀잎에 맺히네

3

별은 나를 보고 깜박이고 있네
나는 별을 보며 외로움을 달래네
저 별이 떨어지면 나 죽으련가?
내가 죽으면 저 별이 떨어지런가?
높은 하늘 낮은 땅에 별 하나 나 하나

떠오르는 얼굴들이여

1

눈만 뜨면 생각나는
잊을 수 없는 사람들
만나면 반기면서
손을 잡고 좋아했지
다시 올 수 없는 곳으로
지금은 떠나가고 없지만
자꾸 떠오르는 얼굴들이여!

2

친구야 누나야 날 버리고
한 번 가더니 소식도 없구나
무정히 갔는데 왜 생각나니
소식도 없는 널 난 그립구나
끝없이 떠오르는 얼굴들이여!

3

세월이 흘러흘러

내가 찾아가거들랑
오랜만에 만나더라도
차마 내 얼굴 잊지 말고
펄펄 뛰며 반겨줄래
떠오르는 얼굴이여!

제 4 부 | **종착역 가는 길로**

오동잎

1

뜰 앞에 선 오동나무
잎 하나 뚝 떨어진다
아차 나 한 살 더 먹어가는구나

2

잠시 후 오동잎 하나
뚝하고 또 떨어진다
아차 나 지금 자꾸 늙고 있잖아

혹시가 역시라도

1

혹시나 하고 살면 살수록
한도 많구나 한 많은 인생
끝없이 내리는 눈덩이처럼
한은 점점 더 쌓이는구나

2

이 많은 한을 땅에다 묻고 싶어
그만 살까 생각도 해봤지만
그래도 미련이 남아 있어
혹시가 역시라도 혹시나 하고
먼 하늘 쳐다보며 살아보기로

3

높이 쌓인 한 덩어리를
하얀 눈덩이로 바꿀 수 있다면
단숨에 그 눈을 번쩍 들어
이 산 저 산에 뿌려놓고

따뜻한 봄이나 기다리지

4

살수록 더 쌓이는 무거운 한을
언제 다 풀어놓고 몸이 나를까?
아직도 남아 있는 미련들이
내 눈에 아롱아롱 나를 스친다
살다보면 혹시가 역시라도
그래도 나는 혹시나 하고 살련다

늘 보던 이가 안 보이더니

1

만나면 반기며 손을 잡던
김씨 아저씨가 안 보인다
이씨 아저씨도 안 보인다
박씨 아저씨도 안 보인다
유난히도 그들은 외롭고 가난했다

2

석양이 비치는 오솔길에서
잘 아는 최씨 아저씨를 만났다
내 손을 잡고서 반가워한다
나도 반가워 그 손을 꼭 잡았다

3

나는 궁금해서 늘 보던 이들의
안부를 묻기 시작했다
응, 김씨 죽은 지 한 오 개월 됐지
응, 이씨 죽은 지 한 칠 개월 됐지

웅, 박씨 죽은 지 한 삼 개월 됐지
나는 최씨 손을 잡은 채 말을 잃었다

4

늘 보던 이가 안 보이더니
그들은 죽어 세상을 떠난 것을
나는 보고 싶었다 김씨 이씨 박씨를
그 반기는 얼굴 따뜻한 손길을
간다는 말도 없이 떠나는 그들을

도살장에 끌려가는 소

1

도살장에 죽으러 가는 줄 아는가?
커다란 두 눈을 끔먹끔먹하면서
눈물을 흘리며 끌려가는 저 소는
죽음에 순응함이 인간보다 유연코나

2

죽음 앞에 마지막 발악으로
억세게 뻗친 뿔로 확 받으련만
힘센 뒷다리로 걷어차련만
고삐를 끊고서 날으듯이 뛰련만

3

그 소중한 삶을 포기하면서
그 두려운 죽음을 체념하면서
도살장에 맥없이 끌려가는 저 소는
사는 것이 죽는 것이 운명인 줄 아는가?

오니 가니

1

오니 사려고 오니
봄에 푸르른 잎이여!
가니 살다가 가니
가을에 단풍든 낙엽이여!

2

오는 것이 좋아서 오니
가는 것이 싫어서 가니
푸른 잎이 좋아서 푸르렀니
단풍잎이 싫어서 떨어지니

3

꽃 못 피는 앵두나무
벌나비도 오지 않고
잎 못 피는 고목나무
산새들새 날아갔네

4

오게 되면 오는 것이
가게 되면 가는 것이
자연의 섭리인 것을
눈물은 왜 흘리는가?

황혼

1

청춘은 황혼을 잊고 살건만
황혼은 청춘을 불러들이네
사는 게 괴로움인지 즐거움인지
어느덧 맛 모르고 흘러간 청춘

2

수많은 날 사노라고 미쳐 날뛰며
살다보니 병들고 야윈 사람을
어디로 어떻게 돌아가라고
황혼은 어둠으로 등을 떠미나

3

파란 봄날은 해마다 오건만
아름다운 꽃은 봄마다 피건만
지지고 볶다가 한 번 늙으면
황혼은 끌어가고 소식도 없네

거짓 없는 거울

1

호수에 담겨진
산악의 풍경처럼
거짓 없는 거울은
생긴 대로 비추거늘

2

젊고 고운 얼굴이
예쁘게 피어날 때
하루에도 열두 번씩
거울 속에 담아봐라

3

엉성한 나뭇가지
호수에 담길 때는
산새들새들의
노래도 들리지 않네

4

늙고 엉성한 얼굴에
백발이 휘날릴 때는
거짓 없는 거울에다
한숨을 담지 마라

세월아

1

잠시도 쉬지 않고 흘러가는 세월아
어머님 뱃속에 나를 잉태했던 세월아
아기로 기면서 엄매엄매 울던 세월아
철없이 날뛰고 설레이던 세월아

2

이팔청춘 사랑에 푹 빠졌던 세월아
젊어서 아름답고 즐거웠던 세월아
일을 펑펑 저지르고 펄펄 뛰던 세월아
어머니 아버지 날 두고 가시던 세월아

3

지난날을 돌아보며 후회하던 세월아
모든 일에 자신을 잃고 맥빠졌던 세월아
무작정 나를 끌고 잘도 가는 세월아
아무데나 날 버리고 흘러갈 세월아

꽃과 인생

1

꽃은 바로 시드는 것을
청춘은 바로 늙는 것을
그런저런 생각 없이
고운 꽃에 미친 세월

2

꽃이 너무 예뻐서
눈만 뜨면 끌어안고
부비고 만지면서
입만 맞추고 살았지
해가 지는 줄도 몰랐지
밤이 새는 줄도 몰랐지
날이 가는 줄도 몰랐지

3

순간에 흐른 청춘이여!
쭈글쭈글 시든 꽃이여!

꼭 끌어안았던 두 팔은
맥없이 축 늘어지고
눈앞에 성큼 다가서는
황혼이 너무 서럽구나

꽃과 청춘

1

꽃이 아름답다 하자
그러나 바로 시든다
청춘이 젊다 하자
그러나 머잖아 백발일세

2

시들어 마른 꽃에
벌나비가 찾아올까?
늙어버린 노인에게
젊은이가 따라올까?

3

꽃이 한없이 붉고 싶지만
청춘이 한없이 젊고 싶지만
흐르는 세월이 무정키로
피고 나면 바로 시든 꽃이여!
젊고 나면 머잖아 늙은 백발이여!

나는 널 따라가마

1

바람은 불어 가네
구름은 떠서 가네
웃으면서 울면서
나는 널 따라가마

2

유수 같은 세월아
잘도 흘러가는구나
머무르고 싶지만
나는 널 따라가마

3

천 년 고목 열 아름에
세월을 묶어 놓고
끝없이 살고파도
가는 세월 잡을 수가
나는 널 따라가마

거지가 사는 것은

1

빌어먹고 배고픔을 달래며
덧없이 거지가 사는 것은
그 무슨 희망이 있음이랴
우선 살았으니 사는 것이지

2

살다보면 거지로 끝날 수도
살다보면 실낱같은 희망도
그러나 거지가 사는 것은
목숨이 붙어서 사는 것이지

3

검푸른 하늘을 지붕삼고
허허벌판을 안방삼아
하루하루 거지가 사는 것은
사는 것이 삶이기에 사는 것이지

얼룩진 인생길

1

소나 말처럼 사는 사람
강아지처럼 사는 사람
살쾡이처럼 사는 사람
순한 양처럼 사는 사람
살기는 살아야 하기에
현실에 맞추어 허둥이는
심히 얼룩진 인생길이여!

2

착하게 살자 하면
착하게도 살 수 있고
악하게 살자 하면
악하게도 사는 것이
그런 것이 삶이더라
삶이란 좋은 게 좋아
순한 양으로 살쟀더니
어허 이게 웬일이냐?
살쾡이가 할퀴는구나

피로 땀으로 얼룩진
지저벆은 인생길이여!

3

네가 잘나 잘사는 거지
내가 못나 못사는 거지
잘난 사람 걸어간 길엔
살쾡이 발톱 할퀸 자국
못난 사람 걸어간 길엔
순한 양의 핏물 자국
잡동사니 뒤범벅이로
길게 얼룩진 인생길이여!

거친 길을 가자니

1

발끝에 채이는 나무등걸 돌맹이
팔다리를 할퀴는 사나운 가시
가파른 산언덕에 막히는 강물
거친 길을 가자니 너무나 서럽다

2

나무등걸 돌맹이에 몸은 뒹굴고
가파른 산 강물에 길은 막히고
어허 이게 내가 타고 태어난
피치 못할 운명인가? 팔자인가?

3

가는 길을 멈추고 주저앉을 수도 없고
이 길을 부지런히 얼른 갈 수도 없고
애닲다 소리질러 볼 곳도 없으니
그나저나 애써 가는 대로 가보기로

내가 밟고선 이곳은 어디인가

1

걷다가 걷다가 길을 멈췄네
이 곳이 좋아서 멈춘 것은 아니야
더 갈 수가 없어서 멈춘 것도 아니야
가다가 가다가 발길을 멈췄거니

2

내가 밟고선 땅 이 자리가
험한 돌 비알이면 어떠랴
폭풍이 몰아치는 바다면 어떠랴
내 맘대로 가다가 스스로 멈췄거늘

3

빠른 길로 가자는 게 빙빙 돌았네
좋은 길로 가자는 게 오니 험하네
애써 몸가누고 여기에 섰노니
내가 이제 후회한들 무엇하랴

4

부모님이 가라시어 내가 왔는가?
형제자매 열망으로 내가 왔는가?
아니야 나는 내 멋대로 왔노라
내가 밟고선 이곳은 어디인가?

종착역 가는 길로

1

응애응애 첫울음
첫출발을 알리고
부모님 품속에서
오뉴월 오이 크듯
모락모락 살이 붙어
몸 세워 따로 서며
한발한발 걷기 시작
종착역 가는 길로

2

살은 이는 살게 마련
때로는 평탄할라
때로는 험난할라
얇은 가죽 가는 뼈에
가냘퍼 약한 육신
살다보면 눈물짓고
살다보면 피홀리고
살다보면 웃을 때도

하루하루 살며 가네
종착역 가는 길로

3

멀리서 들려오는
처량한 기적소리
백발노인 가득 싣고
달려가는 길은 열차
종착역 가는 길로

4

응애응애 첫울음을
잊어버린 노인들이여!
험난한 길 남았어야
황혼밖에 더 있는가?
삣뜨름한 돋보기에
지팡이 집고 흔들흔들
즐거움도 다 버리고
황혼으로 가는 열차에

모두 다 탔구려
종착역 가는 길로

■발문

시의 감옥에서 비껴선 치유의 힘

이택화(시인, 문학박사)

이 땅에는 사람도 많고 시인도 많다. 그러나 우리의 마음에 둥지를 틀고, 심장을 보듬고, 뼈들을 어루만지고, 뇌수를 당기다가 기쁨의 눈물을 주는 시는 많지 않다. 읽노라면 조악한 말들에 걸려 넘어지고, 세련을 넘어선 기교에 익사하거나, 무의미의 강가를 헤매다 지치게 하는 시집의 순례는 우리를 시로부터 멀게 한다. 시멀미를 나게 한다. 이런 시집이, 시인이 분분히 날리는 황사처럼 널려 있고 이런 시의 사랑에 자식 사랑 빠지듯 빠져 난해한 설명으로 자신의 알량한 지식을 펼쳐 보이는 비평가들은 멀미를 지나 시에 진저리를 치게 한다.

우리로 하여금 시 근처에 가지 못하도록 시감옥을 만들고 있는 시인과 비평가를 지나 시인다운 천품(天稟)을 가진 이가 푹 고아서, 푹 삭혀서 만든 시집을 만나는 일은 너무나 반가운 사건이다. 여기 반가운 글들이 모여 있는 시집이 있다. 첫 번째 시집 <사랑의 편지>에서 한글을 읽을 수 있는 사람이면 누구나 감상할 수 있고, 편안한 가운데 오래 지속되는 감화를 받게 하던 이명우 시인이 두 번째 시집 <그대를 사랑해>를 출간한다. 하늘과 땅의 순리에 몸과 마음을 맡기고 순항하는 삶의 방식을 보여 주는 시, 인생에 대한 견해와 실행을 표현하여 우리를 편안하고 안락한 인생으로 이끄는 시를 만나는 것은 커다란 기쁨이 아닐 수 없다.

이명우의 두 번째 시집 <그대를 사랑해>를 읽고 나니 송순의 시조가 머리 안에 들어와 앉는다. 아니 들어와 앉는다기보다 풍경을 실어다 놓는다. 초가집 위에 달이 뜨고 시원한 바람이 부는 나지막한 언덕 아래 푸근한 자연 안에 들게 한다.

십 년을 경영하여 초가삼간 지어내니
달 한 칸 나 한 칸 청풍(淸風) 한 칸 맡겨두고
강산은 들일 데 없으니 둘러두고 보리라
　　　　　　　　　　　- 송순(宋純)의 시조 전문 -

가진 것 많은 양반으로 사는 일이 어디 쉬운 일이겠는가? 챙길 것 많고, 이룰 것 많아 초가삼간으로 내려앉기란 족히 십 년이 걸릴 만한 일이다. 욕심을 내려놓지 않으면 평생 초가삼간에 살면서 자연을 벗삼아 지낼 수 없는 일이다.

번잡한 현대인들이 얼마나 자연을 꿈꾸는가? 이것저것 다 버리고 시골로 내려가 낚싯대 둘러메고 지내야지, 나물이나 뜯으러 다녀야지 입버릇처럼 말하면서 그들은 도시를 떠날 줄 모른다. 떠나는 방법을 몰라서 떠나지 못하는 것이 아니라 자식 공부, 재산 관리, 사람 관리하느라 하루가 바쁘고, 일 년이 모자라고, 십 년이 부족하기 때문이다.

그들은 또한 초가삼간을 원하지 않는다. 그림 같은 전원주택을 짓고, 부족하지 않은 문화생활비가 저축되어 있어야 떠날 수 있다고 돈을 모으느라 시간을 다 보내다가 결국 죽어서야 그렇게 고대하던 자연에 가서 묻힌다.

어쩌면 그들이 자연을 선택하여 자연의 품으로 돌아가지 못하는 것이 아니라 자연으로부터 선택받지 못하는 것이 아닐까? 자연은 자연의 순리를 알지 못하는 자를 선택하지 않는 것이 아닐까? 자연은 자연을 닮은 사람만 품에 들인다. 자연을 닮지 못한 사람은 자연을 찾아들어도 답답해하다가 떠난다. 아니 자연에게 쫓겨난다.

이명우 시인은 자연의 품안에 든 사람이다. 몇 년만 더 지속하면 탄탄히 노후대책이 될 만한 상업을 50대 초반에 접고 대청호 곁에 와서 산다. 금전과 명예에 헛물켜며 도시에 머물지 않고 별빛을 받아 마시며, 꽃술의 속삭임을 들으며, 바람의 단내를 들이며 자연과 하나되어 산다.

1

> 오랜 세월 살아온 세상이건만
> 가진 것이라고는 별로 없네
> 값싼 땅 몇 백 평 옷 몇 벌에
> 닳은 신발 몇 켤레가 나의 소유물

2

- 「나의 소유물」 일부 -

그래서, 자연에서 이어받은 본성 그대로 집착의 미련을 툭툭 먼지처럼 털고 걸어가는 선사를 만난 듯 이명우의 시를 읽으면 태어날 때 입었던 본심을 꺼내 입게 된다. 그리고 우리의 깊고 추한 상처들이 무엇 때문인가를 알게 된다. 사라지려는 본성이 시의 언어를 입고 옹기종기 모여 핀 들꽃 같은 이명우의 시. 이명우의 시는 우리가 가진 것이 많아 불행하다는 것을 알게 한다. 우리가 너무 부자여서 아프고 힘들며, 가진 것을 버리자마자 자연처럼 푸근하고 행복해진다는 것을 알게 한다. 이명우 시는 자연이 병든 인간을 품어 활력을 불어넣듯이 치유의 힘이 있다.

치유의 첫 번째 힘은 사랑이다. 이명우 시에서 표출되는 사랑은 물질에 찌든 일상에서 사랑의 참 의미를 찾아내어 음미한 후 사랑으로 인한 상처를 치료하도록 유도하지 않는다. 지지고 볶으며 사는 지겨운 통증 중 가장 아픈 통증이 사랑이며, 여기에 참다운 가치가 있다고 외치는 다른 시인들과는 달리 이명우 시인은 시선을 멀리 둔다. 욕심으로 밀고 당기는 사랑의 상처에 무지개빛 가치를 덧입혀 보여주어도 아픈 일상의 사랑으로 돌아오면 상처는 여전히 들쑤시는 걸 알기 때문이다. 이명우 시속의 사랑에는 밀고 당기며 힘겨루기를 하는 아픔도 없고, 이별의 고통으로 찢기는 슬픔도 거의 없다. 그저 사랑하니 좋고, 좋으니 이별하지 말고 영원토록 사랑하자고 한다.

1

넓은 우주 공간에 너무 멀지 않도록
그대와 나는 반짝이는 별이 됩시다
그대도 반짝반짝 나도 반짝반짝
그대와 나는 밤마다 잠도 자지 맙시다

2

내가 다섯 번씩 연거푸 반짝이거든
잘 있습니까? 보고 싶어요 사랑합니다
그 신호로 알고서 반겨주시고
그대도 다섯 번씩 연거푸 반짝여주오

3

그대와 나는 끝없이 죽지말고
마주보고 반짝반짝 반짝이다가
언젠가는 서로 만나 얼싸안을 때
우주에서 제일 큰 별 하나로 됩시다

— 「그대와 나는 반짝이는 별이 됩시다」 전문 —

동시 내음이 풀풀 나는 사랑의 시다. 동심으로 돌아가

사랑하는 사람의 모습이 보인다. 여기에는 상대가 변할까 봐 두려워하는 의심도 없고, 누군가 훼방을 놓을까 걱정하는 염려도 없다. 별이 수천 억 년을 넘어 영원히 반짝반짝 빛을 내듯이 둘이 마주보고 서로 있는 곳을 알리며 반짝반짝 빛을 내다가 서로 얼싸안고 우주에서 가장 큰 별이 되자고 한다. 다른 시들, 「그대는 바닷물이 되어」, 「사랑하는 너라면」, 「영원한 비밀」, 「사랑하는 그대와 단 둘이 무인도에 가서 살고 싶다」, 「당신의 모든 것을 다 갖고 싶소」 등에서도 사랑을 짜면 맑은 물이 나올 것 같은 사랑을 노래한다. 이명우 시를 읽다 보면 우리가 하는 사랑을 뒤집어 보게 되고, 우리가 얼마나 계산적이고 악취가 나는 사랑을 하고 있는가를 새삼 돌아보게 한다. 그리고 사랑은 거짓없이 의심 없이 해야 하는 거야 하며 마음이 따뜻해지고 가벼워진다.

이명우 시에는 한창 열애에 빠진 첫사랑의 남녀가 주고받을 만한 시어들이 대거 등장한다. 너무나 편안하게 읽히다 보니 어디선가 들은 듯한 상투성을 지닌다. 그러나 시어가 상투성을 지녀 시시한가 싶다가 이명우 시인 나름대로의 현실감을 잃지 않는 육화의 시적 기교를 느낀다. 광활한 우주에서 서로 별이 되어 위대한 이념을 펼치며 다른 사람의 본보기가 되는 대단한 일을 하는 것이 아니라 보통 사람들이 사랑하는 사람에게 하는 '잘 있습니까? 보고 싶어요 사랑합니다'로 별의 반짝임을 푼다. 이명우 시인의 미덕이 여기에 있다. 우리가 사랑하는 사람과 나누는 평범한 대화를 시안에 녹여 우리를 먼 우주에의 사랑으로 끌고 가도 거리감을 느끼게 하지 않고 평상심을 갖게 한다. 바다나 무인도를 배경으로 시가 쓰여져도 이는 마찬가지이다.

> 나는 열심히 고기를 잡고
> 그대는 모닥불에 고기를 구어
> 그 고기 마주 앉아 실컷 뜯어먹고
> 오막집 작은 방에 나란히 누워
> 배 득득 긁으면서 단 둘이 살고 싶다
>
> — 「사랑하는 그대와 단 둘이 무인도에
> 가서 살고 싶다 2」 일부 —

사랑하는 사람과 무인도에 가서 산다면 곱고 아름다운 이상향의 표현들이 쏟아져 나올 만도 한데, '배 득득 긁으면서 단 둘이 살고 싶다'니 어이가 없다가 웃음이 비어져 나온다. 참 편안한 사랑이다 싶어서. 이런 표현 속에서 사랑이란 낮은 대로 흐르는 물처럼 바람처럼 사랑하는 사람의 마음을 거스르지 않고 편안히 함께 하는 것이라는 것을 알게 한다.

이명우의 시에는 사랑이 영원성을 지향한다. 사랑의 시들 속에 '영원'이란 단어가 여러 곳에 들어가 있고, 들어가지 않아도 영원한 사랑을 노래하고 있다. 남녀의 사랑이 영원성을 지향하지 않는다면 어떻게 편안한 사랑이 되겠는가? 저 세상까지 이어지는 죽음조차 초월한 사랑의 믿음이 만들어 내는 이명우의 시 세계가 우리의 영혼을 따사롭게 감싼다.

치유의 두 번째 힘은 꾸짖음이다. 이명우의 시에는 사람

답게 사는 사람이 되어야 한다고 직설적으로 말한다. 자연이 오물을 버리거나 훼손시키는 인간에게 큰 소리로 미움을 표시하지 않는 것처럼 이명우의 시에서 인간답지 못한 사람을 꾸짖을 때 호통치거나 증오의 이빨을 드러내지 않는다. 꾸짖음이 ‘그것 참 사람인지 개인지’(「사람이지 개인지」에서), ‘어쩌다간 개만도 못하리니’(「인간과 개」에서), ‘염치도 눈물도 없고 의리도 도덕도 없는 그런 짐승 같은 사람이 있다’(「짐승 같은 사람」에서), ‘안 그러면 짐승 같은 인생이여’(「정부(情夫)」에서)를 넘어 서는 거친 말이 보이지 않는다. 사람은 다 같이 평등하나 염치, 눈물, 의리, 도덕이 없는 사람이 개 같다거나 짐승만도 못하다고 꾸짖는다. 살기에 급급해 짐승처럼 염치와 도덕을 잃고 살지 않는 현대인이 어디에 있겠는가? 양심의 손을 가슴에 얹으면 부끄럽지 않은 사람이 어디에 있는가? 그런데 자신의 죄가 많다고 느끼고 있을 때나 부끄러울 때 친근하게 우리 주변을 맴돌며 꼬리를 흔들어 대는 개에 견주어 욕을 먹으니 차라리 마음이 편해지는 것이다. 이명우 시인의 집에는 늙은 개 한 마리가 산다. 이름이 킹콩(새끼였을 때 다른 큰 개가 있었는데 품종이 작은 개여서 이름이라도 크게 하자고 킹콩으로 붙였다 한다)이다. 십수 년을 함께 한 이 개는 많이 먹어 살이 너무 쪘다. 착하기 이를 데 없고 영리한 개인데 이제 죽을 날이 얼마 남지 않아 행동이 여간 느린 게 아니다. 이런 개에 견주어 우리의 잘못을 야단치니 스스로 잘못을 들여다보게 한다.

사람에게는 초자아가 있어서 자신의 잘못을 반성하는 능

력이 있다. 타인을 진정으로 존중하는 사람이라면 사람의 양심을 믿기에 거칠고 격한 말을 하지 않는다. 우리의 선비들이 그랬듯이 혀를 차면서 사람은 짐승과 달라야 하는데를 혼잣말처럼 하고 지나갈 뿐이다. 그러면 자신을 존중하는 죄지은 사람은 스스로 부끄러워하면서 자신의 행동을 반성하고 더 이상의 잘못을 저지르지 않으려고 노력한다. 사람다운 사람들이, 자연을 닮은 사람들이 사는 마을, 시를 읽는 마을에서는 이 정도의 징벌이면 부족함이 없는 것이다. 시는 사람의 마음을 순화시켜야 하는 목적과 순화시키는 기능이 있다. 시가 총칼을 들고 줄줄이 양심을 묶고 윽박질러 시를 접한 사람에게 고통을 유발하기보다는 이명우 시처럼 존중받으며 자신의 죄를 읽고 가는 것이 얼마나 마음이 편하고 행복한 일인가.

실제 이명우 시인은 법 없이 살 사람이란 말을 늘 듣는 사람이다. 손익을 계산하는 오랜 상업도 이명우 시인의 천품을 망가뜨리지 못했고, 끊임없는 세파도 이명우 시인의 천성을 무너뜨리지 못 했다. 가까이 사는 사람들이 이구동성으로 이명우 시인이 호된 꾸중을 남에게 퍼붓는 것을 못 보았고, 거친 말을 입에 담는 것을 못 들었다고 말한다. 이명우 시에는 이런 이명우 시인 자체의 마음이 활자로 바뀌어 있다고 볼 수 있는데, 이는 다음 시에서 그 근원을 풀어볼 수 있다.

1

짐승으로 태어났으면

그것 참 어쩔 뻔했는가?
오고 보니 나는 사람이다
그래서 나는 참 행복하다

3

모든 괴로움도 슬픔도
그 무엇이라도 다 좋다
오직 사람이란 이유로
나는 나는 그저 행복하다

　　　　　　　－「나는 사람이다」일부 －

　이명우 시인은 짐승으로 태어나지 않고 사람으로 태어난 것이 행복의 이유라고 말하고 있다. 사람으로 태어난 것은 가지각색의 선택 중에 최고로 선택받은 것이기에 괴로움과 슬픔이 몰려 와도 행복할 수 있다고 말하는 것이다. 태어날 때의 순수와 순결을 가지고 때묻지 않은 사람의 본보기로 이명우 시인은 거친 세파를 거스르며 산다. 거스르며 살아도 두꺼운 갑옷과 창칼로 중무장하지 않고 순수 본성을 지키며 산다. 그래서 거칠어지지 않고 무거워지지 않는다. 저절로 가벼워지고 행복이 시인의 주변을 감돈다. 다만 사람이라는 이유만으로.

　그래서 멸시되고 비하되는 사람의 자리매김이 이 시집에서는 사람이 최상이 된다. 많은 사람들이 인간의 행위가 짐승의 본능보다 못하다는 평을 하는데, 이 시집에서는 어느 인간도 비하되지 않으며 높이 존중받는다. 재벌이라고 높이 평가받지 않으며, 거지라고 낮게 평가되지 않는다. '잘

152

살아도 못 살아도 살아야 하는 세상 생긴 대로 살아'(「살아보기로」에서)가는 사람이면 다 똑같이 행복한 사람이라고 힘주어 말하고 있다. 그러니 시와 대면하는 사람들이 어찌 행복하지 않겠는가?

치유의 세 번째 힘은 순응이다. 순응이란 마음의 흙탕물을 가라앉혀 맑고 고요하게 흐르는 삶의 방법이다. 흙탕물이 휘저어져 있는 물가에는 사람이 모이지 않는다. 맑은 거울 같은 물이 고여 있어야 사람이 모인다. 맑은 수면에 하늘과 구름이 들고, 나무와 꽃들이 가지를 흔들며 놀고, 물고기가 사이사이의 공간에서 숨바꼭질하고, 사람이 얼굴을 디밀면 마다 않고 들여주는 맑은 물이 사람을 모은다. 사람도 마찬가지이다. 마음을 가라앉혀 고요하고 평화로운 것들이 비운 공간에 노닐고 있는 사람이 좋다. 가까이 다가가면 맑아지고 화평해져서 좋다. 맑게 고인 물이나 마음을 비운 사람이나 수면이라고 속에 흙탕물이 될 찌꺼기가 없겠는가? 다만 천성이나 노력으로 가라앉힌 것뿐이다.

이명우 시들을 관통하는 하나의 줄기는 순응이다. 인생은 끝이 있다. 끔찍한 경고, 사형 선고를 받고 인간은 태어난다. 이 사실은 우리를 너무나 두렵게 한다. 이 두려움을 잊고 삶을 열심히 살라고 신은 우리에게 욕망을 주셨다. 욕망이 없으면 어차피 죽을 몸인데, 열심히 일을 하면 무엇하고, 자식을 낳아서 기르면 무엇하고, 재산을 모아서 무엇하겠느냐며 충실한 삶을 포기할 것이다. 욕망은 알맞게 필요하고 적당히 채워져야 한다. 무엇이든 적당하면 약이 되고 힘이 되지만 과용하면 해가 되고 병이 된다. 선한

의지의 욕망은 아름답지만 욕망의 과다는 과욕을 불러 사람을 추하게 만든다. 특히 순응의 궤도를 잃으면 사람은 보기 흉해진다. 현대인이 이렇게 보기 흉한 모습으로 일그러진 것은 순응의 도를 잃고 과욕의 상태에 있기 때문이다. 이런 잘못을 환기시키고 제대로 된 길을 가르쳐 주는 이명우 시를 보자.

살은 이는 살게 마련
때로는 평탄할라
때로는 험난할라
얇은 가죽 가는 뼈에
가냘퍼 약한 육신
살다보면 눈물짓고
살다보면 피흘리고
살다보면 웃을 때도
하루하루 살며 가네
종착역 가는 길로

－「종착역 가는 길로」 일부 －

　사람이 죽음만큼 순응하기 어려운 것이 없고, 죽음만큼 사람을 순화시키는 것이 없다. 목숨이 붙어 있는 것만으로도 축복이다. 살아서 볼 수 있고, 들을 수 있고, 만질 수 있는 이 순간 순간이 우리에게 얼마나 남았는가 생각하면 눈물짓고 한탄하는 시간이 너무나 아깝다. 인간의 적응력은 고무줄 같아서 놓여진 자리에 알맞게 변한다. 몇 달 남지 않은 병자가 체득한 체념조차 적응과 순응의 한 방법이다. 삶에 있어서 죽음을 상기시키는 것은 주변 곳곳에 숨어 있는 행복의 코드를 찾을 수 있는 계기를 만들어 준다.
죽음을 생각하면 용서도 쉽고 아픔을 다루기도 쉽다. 이명
우 시에 죽음이 많이 거론되고 이런 죽음의 그림자를 통해
삶을 나누는 따스함이 전달된다.

1

만나면 반기며 손을 잡던
김씨 아저씨가 안 보인다
이씨 아저씨도 안 보인다
박씨 아저씨도 안 보인다
유난히도 그들은 외롭고 가난했다

2

석양이 비치는 오솔길에서
잘 아는 최씨 아저씨를 만났다
내 손을 잡고서 반가워했다
나도 반가워 그 손을 꼭 잡았다

-「늘 보던 이가 안 보이더니」 일부 -

　반갑게 손을 잡던 이들이 죽음의 문으로 들어가 다시 오
지 못하는 안타까움을 마음에 적시며 '석양이 비치는 오솔
길'에서 잘 아는 '최씨 아저씨'와 만나 반가움으로 손을
꼭 잡는 장면을 떠올리면 눈에 아슴아슴 눈물이 고인다.
죽은 사람들의 안부를 물으며 남겨진 사람들이 나누는 따
스한 정이 차가운 가슴에 뭉클 고여 콧날을 시큰거리게 한

다. 삶의 축복을 잃고 삶의 격랑에 떠밀려 유난히 외롭고
가난한 우리들이 겹쳐지고, 각자 비탈진 오솔길을 애쓰며
오르는 우리들 삶의 현장이 펼쳐져 가슴이 쓰라린 가운데
그리워 손잡고 싶은 사람들을 하나 둘씩 떠올리면 전화가
하고 싶고, 조촐하나마 만남을 만들고 싶어진다. 이런 것이
이명우 시의 힘이다.

1

살갗을 외일 듯이 추운 겨울에
주택가 골목길 대문밖에서
파란 관상수 한 그루 얼어죽었네
무엇이 미워서 내다 버렸을까?
사계절 변함 없는 푸르름뿐이거늘

3

파란 관상수를 얼려 죽인 그 사람
인정사정 없는 무정한 그 사람
한 겨울에 문밖에서 어린 자식이
꽁꽁 얼어 죽어도 본 체 만 체 하련가?

— 「얼어죽은 관상수」 일부 —

　　이명우 시인의 집 안팎에는 나무도 많고 꽃도 많다. 집
안으로 들어가면 수십 개의 화분이 집 구석구석에 놓여 있
다. 이명우 시인의 아내가 꽃나무를 유독 좋아해서 함께
돌보는 거지만 사계절 꽃들이 피고 진다. 새장도 세 개나

있어서 늘 새 우는 소리를 들을 수 있다. 누구나 이 집에 들면 틈실하게 자라는 꽃나무를 보고 감탄한다. 정성이 이만저만 아니라고 탄성을 지른다. 이렇게 나무와 꽃을 사랑하는 이명우 시인이고 보니 파란 관상수를 자식이라고 생각하는 것이다. 더 나아가 이명우 시인의 내면에는 생명체는 모두 자연의 일부로 모두 자식이면서 자기 자신이라고 생각하는 것이다. 이런 마음으로 생명체를 아끼고 돌보는 삶의 잔잔함이 시에 어려 우리의 무정함을 돌아보게 한다. 세상에는 공짜가 없으니 이런 돌봄이 가져다주는 기쁨과 환희를 맛보라고 알려 준다. 먼저 베풀지 않으면 얻는 것이 적은 인생이라는 것도 마음에 새기게 한다.

없다 말고 있는 것으로
몸 바쳐 봉사하세
돈이 없으면 쌀도 좋고
쌀이 없으면 잡곡도 좋고
잡곡도 없으면 물도 좋네

－「없다 말고 있는 것으로」 일부 －

그대를 사랑해

초판 1쇄 2002년 5월 25일 / 발행일 2002년 6월 1일 / 지은이 이명우 / 펴낸이 김태범 / 펴낸곳 새미 / 등록일 1994. 3.10 제17-271 / 편집 송명진·정은경·박애경 / 마케팅 정찬용·이충섭·한창남·김상진 / 총무 박아름·황충기 / 인쇄 박유복·정명학·한미애 / 인터넷 이순주·황현덕·박소현 / 홍보 정구형·박주화·권성화 / 물류 정근용

주소 서울시 강동구 암사동 462-1 준재빌딩 401호
www.kookhak.co.kr E-mail : kookhak@orgio.net
ISBN 89-5628-012-6, 03810 가격 6,000원

·새미는 국학자료원의 자매회사입니다.